잘 지내나요,
서른

KB208569

그로우웨일

더 나은 30대가 되기 위해

식물이 잘 자라기 위해선 식물 사이에 틈이 필요하다.
빨래가 잘 마르기 위해선 빨래 사이에 공간이 필요하다.

인간도 마찬가지다.
서로의 적당한 거리가 없으면 관계가 잘 유지되지 못한다.

결국 모든 것은 '여백'이 필요하다.

나 자신도 마찬가지다.
나와 나 사이 '여백'이 존재하지 않으면
결코 잘 살아갈 수 없다.

20대를 '나' 자신으로 살아갔는지 잘 모르겠다.

젊음이란 패기를 대출받아 오랜 20대 시절 촘촘히 연애를 하고
문득 떠오르는 현실적인 걱정들을 과감히 무시하며 나를 돌보지
않은 채 시간을 보내다
급작스러운 이별과 역병(코로나19), 그리고 맞물린 30대 출발선 사이
의도치 않게 삶의 간격이 벌어졌다.

그 틈 사이로 많은 생각과 감정이 스쳐 지나갔다.
틈 사이로 불어오는 칼바람은 너무도 아플 때도 있었고,
내게 한 줄기의 빛처럼 깨달음을 주기도 했다.

나 자신과의 여백이 생기면서
점점 나에 대해 그리고 주변의 위성들을 이해하기 시작했다.

그리고 그냥 흘려 보내기 아까운 감정들을
꾹꾹 눌러 나의 이야기를 담기 시작했다.

평소보다 몇 잔의 커피를 더 마시고,
서점을 들락거리며 한 편의 책으로 완성할 수 있었다.

어른들이 보기엔 아직 철없는 서른 초반의 '어른이'지만
더 나은 30대가 되기 위해 나를 다시 바로 잡아보려 한다.

인생을 논하기에 어린 나이라
누구를 가르치려 하지 않도록 유의하면서
감히 내 생각을 전해보고자 한다.

나의 글과 그림이 여러분에게
조금이나마 공감과 위로가 되길 바라며….

- 최민아 씀

목차

하나.
서른이 넘으면 보이는 것들

하나.
서른이 넘으면 보이는 것들

30대가 되면 말수가 적어지는 이유

헙…

ㅊㄷㄷ

나이를 먹으면서 가장 눈에 띈 변화는

경청 중

말수가 적어졌다는 것.

20대까지만 해도

그래서 내가~

나는
왜 이러는지 몰라.

여부세용 있자나 내가…

내 생각들을 쏟아냈던 반면,

30대에 들어서면서

(이 얘기는 하지 말자.)

말을 더 신중하게 선택하게 되는 경향이 있다.

언젠가부터 말의 무게를 깨닫고

점점 말을 아끼는 느낌이 드는데,

좋은 말, 나쁜 말 모두 내부에 간직하고자 하는 욕구와

이를 내보내기 전, 신중하게 고민하는 것 때문에

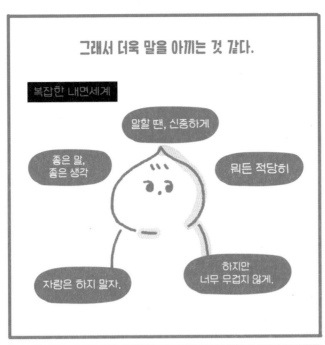

말하는 대로

평소 조용한 편이긴 하나,
말이 아예 없는 편은 아니고 나름 밝은 편이지만
나의 이야기를 많이 하는 스타일은 아니다.

불과 10대에서 20대 때까지만 해도
매일 친구와 전화로 한 시간씩 떠들어야 직성이 풀렸는데,
입의 무게도 나이에 비례하는 것인지
세월이 지나며 점차 나의 입도 무게가 실리고 말수도 점점 줄게 됐다.

정확한 시기는 모르겠으나,
유재석과 이적이 부른 '말하는 대로'의 노래처럼
말이 가진 힘을 믿기 시작한 시점부터인 것 같다.

가벼운 농담조차 부정적인 말을 하지 않으려고 하고
자칫 자랑으로 들릴 말은 함부로 남들에게 하려 하지 않는다.

그마저도 남들이 느낄 수 있는 감정은
나로서 어찌할 바를 모르겠다만,
최소한 나 자신이 느끼기에 그런 말들은 필터링하고 있다.

나는 '말'은 생명이 있다고 믿고 있다.
사람에게서 입 밖에 나오는 순간,
말 안에는 그 사람의 감정과 가치관, 인생의 부분들이 버무려져
하나의 생명으로 탄생한다.

참 무서운 게 이 생명체(?)는 이 사회에 태어나
이리저리 이승을 돌고 돌다가
내게 좋은 선물을 주기도 혹은 남을 다치게 하기도,
내가 모르는 어느 세계에 다녀와 내 일을 망치기도
또는 좋은 기회를 만들어주기도 하는
어마무시한 존재라는 사실을 마침내 알게 됐다.

내가 하는 말에 따라
나의 적이 되기도, 은인이 되어주기도 하는
생명과도 같은 존재를 함부로 발설하지 않게 되는 것이다.

머릿속에 말들이 퍼떡이며 뒤죽박죽 떠올라도
'침착해, 민아야'라며 브레이크를 걸어주고 있다.

이 때문이었을까.

서른이 넘은 요즘, 스피킹 능력에 비해
리스닝 능력이 좀 더 향상된 것 같다.

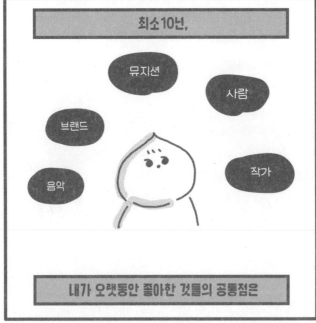

시간이 지나도
변함없는 것들이었다.

변수의 연속과 같은 인생에서

자신을 잃지 않고 항상 같은 모습을 보여주는 것.

（매번 같은 부분에서 감동받는 중）

10년 전

오늘날

난 항상 여기 그대로야 라고
온몸으로 말해주는 것들.

내가 힘들고 지쳐도 때론 세상이 변해도,

흑흑..

ㅠ

음악이나 듣자

여전히 같은 모습으로 날 대해주는

(슬픈 와중에 노래는 좋다.)

예측 가능한 것들.

그들의 한결같은 모습 속에서

나도 그들을 위해 변함없는 사랑을 주기를 다짐했다.

덧. 사실 변하지 않는 것이
어쩌면 제일 강한 것이 아닐까라는
생각이 들었다.

fin

단골손님

미용실부터 네일숍 그리고 단골 카페 등
내가 주기적으로 다니는 곳들은 남들이 생각하는 것처럼
마냥 소소한 곳들이 아니다.

한곳에 정착하기 위해서 이곳저곳 발품을 팔며 테스트를 거친다.

  1. 나에게 맞는 시술 또는 서비스를 제공하는 곳인가?
  2. 사장님이 너무 말이 많지 않았으면….
  3. 적절히 내게 무관심하며, 관심(?)을 가져주는 곳.

마지막으로

  4. 변화무쌍한 것보다 항상 처음처럼 그대로일 것.

까다로운 나의 조건들을 거쳐 여러 관문을 넘고
사장님과 말을 트는 데 1년이란 시간, 그리고 매장과 정이 드는 데
몇 년이란 시간을 보낸 뒤 모든 것에 적응이 완료되면,
그곳이 없어지거나 사라지면 난 어떡하지 싶을 정도로
그들에 의지하고 있는 나를 볼 수 있다.

이처럼 장소뿐 아니라
내가 좋아하는 것들도 비슷할 것이다.

처음엔 필요로 의해 발을 담갔다면, 여러 곳을 물색하고 조사하며
아니다 싶으면 빠르게 손절, 그리고 다시 찾다가 나에게 맞는
것들이 보이면 지겹지만, 꾸준한 애정을 쏟을 수 있는
예측 가능한 것들.

그것이 사람, 물건, 음악이 됐든
이 루틴은 아마 나이가 들어서도 계속 비슷할 것이다.

난 쉽게 사라지지 않는 게 좋다.

꾸준히 좋아할 수 있는 것들이 좋다.

남들이 진저리 칠 정도로 지겨운 게 좋다.

그러니 변함없이 영원하기를.

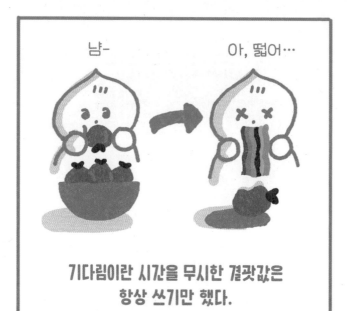

기다림이란 시간을 무시한 결괏값은
항상 쓰기만 했다.

콘서트 티켓팅도 똑같아.
내가 원하는 자리가 없다고
다른 자리 선택하면,

원하는 자리에 취소표가 나오더라도
이미 기회는 날라갔지.

지금 당장 원하는 자리가 없더라도
참고 기다리다 보면,

원하던 자리 옆자리라도
기회가 생기니

내가 원하는 것만
정확히 알면 돼.

(청산유수)

(논리정연)

그러니까 성급해하지 말고,

（나 치즈케이크
엄청 좋아하는데）

집착하지 말고, 좌절하지 말고,

기다림을 사랑할 줄 아는 마음을 갖도록

오늘도 난 노력해본다.

"민아야, 나 됐어!"

나에게 이 말을 전해준 스뎅 언니는 얼마 후
그토록 원하던 K팝 그룹의 플로어 좌석*을 얻게 되었다.

(*특히 인기 있는 그룹의 플로어석 예매는 하늘의 별따기라고 들었다.)

이 소식을 먼저 전해주고 싶었다며 카톡을 보내왔다.

삶은 그런 것 같다.

모든 건 내가 원하는 대로 잘 이뤄질 것들인데
내가 너무나 과한 긴장과 집착을 하고 있었던 게 아닐까 하는
생각이 잠시 들었다.

후에 어떻게 그 좋은 좌석을 얻게 되었는지 물었을 때,
언니는 말했다.

"맘 편히, 분명하게 그 좌석을 원했고 계속 새로고침 하며 기다렸어"라고.

그리고 덧붙인 마지막 말,
"근데 원하는 걸 마냥 기다리면 안 되고 계속 봐야 해!"

앞자리가 2에서 '3'으로 바뀌는 마음

ㅊㄷㄷ

누군가는 말한다.

청춘은 없다

(댓글 보는중)

올해 서른,
우울하다

이룬 것도
없는데…

인생 끝

꽃다운 20대는 지났다고.

하지만 진정한 아름다움은

30대부터라고 생각한다.

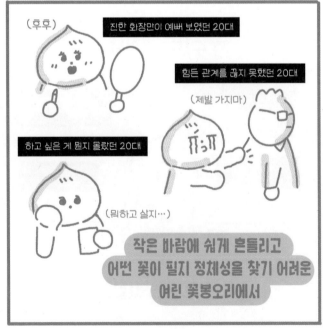

(후후)

진한 화장만이 예뻐 보였던 20대

힘든 관계를 끊지 못했던 20대

(제발 가지마)

하고 싶은 게 뭔지 몰랐던 20대

(뭐하고 살지…)

작은 바람에 쉽게 흔들리고
어떤 꽃이 필지 정체성을 찾기 어려운
여린 꽃봉오리에서

깊숙이 뿌리를 내려 안정적이며,

자신이,

어떤 향기와 모양을 가졌는지 충분히 인지하고 있는

(백합 이쁘다)

경험치가 쌓인 아름다운 꽃.

그래서 30대는 20대보다

더 아름답고 향기롭다 생각한다.

비록 조금은 심심해 보여도

내 옷장은 늘 단조롭다.
기본 아이템들이 대부분이고 화려하고 유행 타는 옷들은
몇 가지뿐이다.

남들이 보기에 심심해 보일 수 있는 내 취향은 그것이 바로 나의
아이덴티티라고 생각한다.

옷뿐만 아니라, 화장 또한 색조가 많지 않은 가벼운 화장법.
화려함보다는 깨끗하고 차분한 스타일.

우여곡절을 거쳐 내 취향을 견고히 만들어갔다.

그런 말이 있다.

중요한 날, 차림새를 신경 쓸 때는
거울 속, 최종 나의 모습을 확인하고
과해 보이지 않도록 적어도 착용한 아이템 중 하나는 빼는
습관을 가지라는 말.

그 말을 참 좋아한다.

과하지 않고 군더더기 없이 깔끔한.
외적인 부분을 넘어 내가 원하는 삶의 스타일이라고 볼 수도 있다.

삶은 자꾸만 과하고 덧칠할수록 점점 나 자신과 멀어지는 느낌을
받는다.

마치 몰래 엄마 화장품을 가져다 서툰 솜씨로 화장을 시도해보는
고등학교 시절의 내 모습처럼.

어떤 걸 덧칠하고 숨길수록
그 시절 나다움과는 멀어지는 것 같다.
(왜 어른들이 학생 때 화장 안 한 모습을 예뻐했는지 이제야 알 것 같다.)

과하고 어색하기 짝이 없는 내 모습에서 내가 가장 자연스럽고
나다운 게 무엇인지 아는 것.

편안하고 자연스러울수록 나와 가장 가까워진다.

그리고 그런 모습이 남들과 바꿀 수 없는 나의 개성이다.

그러니 나를 잘 알아갈수록 삶은 단정해지고
내가 원하는 모습으로 가까이 다가갈 수 있다.

시기에 맞게 제법 유행하는 주제들이 있는데

자존감

자아성찰

휴식

대인관계

미래산업

생각보다 많은 사람이,

같은 것을 고민한다는 걸 알 수 있다.

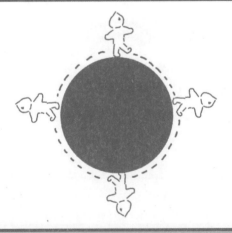

보고 있자면 나도 남들과 다를 것 없이

같은 굴레 속에 있다는 사실이 씁쓸하기도 하면서

한편으론 같은 고민을 한다는 자체가
다행이란 생각도 든다.

신기한 것은 해당 주제의 목차만 훑어도

어느 정도 위로를 받고 있는 내 모습이다.

카페에서
읽어야징~

어쩐지 나갈 땐
조금 가벼워진 내 모습을 볼 수 있다.

덧. 책을 구매하면
구매한 날짜의 도장을 찍어주는데

(안 찍어주면 괜히 서운…)

날짜를 보면 과거 내가 어떤 생각과 고민을 갖고
이 책을 샀는지 알 수 있어 재미있다.

위로의 한 장

책을 멀리하다 가까이하게 된 계기는
스무 살, 인생이란 고통의 무게를 혼자 온전히 느끼고 있을 때였다.

진로, 꿈, 그리고 인간관계의 고민을 아무에게도 터놓을 수 없어
나와 가장 비슷한 고민을 가졌던 저자에게 책이란 매개체를 통해
하나씩 풀어놓기 시작했다.

여러 책을 읽고 실질적인 문제가 해결된 적은 손에 꼽을 수 있을
정도로 적지만, 가장 큰 변화는 내 마음이 편안해졌다는 것이다.

마치 친한 친구와 동네 술집에서 맥주 한잔 시켜놓고 서로의
이야기를 여과 없이 터놓는 것처럼.

"난 너와 비슷하게 이런 일도 있었고, 저런 일도 있었어.
더한 일도 있었지. 그래도 결국 다 이겨냈으니, 너도 잘될 거야.
걱정하지 말라고, 친구!"

어쩌면 누군가에겐 뻔하디뻔한 위로의 말일 수도,
지겹게 들은 조언일 수 있겠지만,

뾰족한 마음이 조금이라도 둥글어질 수 있다면
그것만이라도 가장 큰 변화의 시작이 아닐까 생각한다.

스무 살, 조그만 마음의 상처에도 펑펑 울었던 꼬맹이 시절의 내가
10년 뒤, 머리가 컸다고 이렇게 누군가를 위해 글을 쓴다.

과연 내가 쓰고 있는 이 글도 누군가에게 조금이나마 위로가
될 수 있을까?

위로까진 아니더라도 고통의 무게를 몇 그램이라도 덜어줄 수
있을까?

당신과 맥주 한잔하며 이야기하고 싶다.

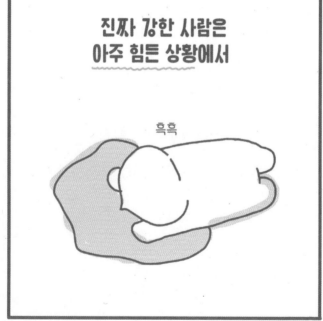

생각을 하고
행동으로 옮기는 사람이다.

신발 끈 묶기처럼

비록 아주 작은 움직임이라 할지라도.

내일의 나를 위한 오늘의 노력

MBTI 'F' 성향이 강해 항상 감정적인 공감을 원하는 내게
주변 T들의 현실적인 위로와 조언은 많은 도움이 된다.
감정 기복이 잦아, 종종 우울해하면 T들이 몇 가지 질문을
던진다.

　1. 수면을 충분히 취했니?
　2. 달달이를 섭취했니?
　3. 호르몬을 체크했니?

인간의 감정이란 찾아볼 수 없는 마치 AI와 같은 질문들에
약간 열 받긴 하지만,
가끔은 맞을 때가 더러 있어 감사하게 생각한다. (고맙다 T들아!)

현실적인 방법을 제시해 주는 T 친구들뿐 아니라,
인생을 60년 넘게 산 부모님께도 도움을 종종 받기도 하는데,
특히 엄마에게 많은 영향을 받고 있다.

그림을 그리는 엄마는 집에서도 가끔 그림을 그리는데,
속상한 일이 있으면 모든 걸 다 놓아 버리는 나와 달리,

엄마는 반대로 붓을 잡고 몇 시간 동안 그림을 완성시킨다.

"힘들면 아무것도 안 하고 쉬고 싶을 텐데,
왜 그림을 그리는 거야?"

물음에 엄마는
"기분이 나빠도 뭐라도 그리면, 작품이라도 남잖아."

그리곤 다 그린 작품을 보고 만족해하는 엄마의 모습을 보고
많은 생각이 들었다.
지금까지 기분이 우울하다고, 모든 걸 다 내려놓고 하루를 낭비한
날들이 얼마나 많았을까?

물론 정말 힘들면 가끔은 쉬어줘도 괜찮다.
하지만 그게 습관이 되면, 걷잡을 수 없이 많은 날을 낭비하고
감정에 따라 움직이는 그저 수동적인 인간밖에 되질 않는다고
생각한다.

그게 싫어서 난 시작한다.

기분이 좋지 않아도, 오늘의 할 일을 내일로 미루지 않기로 했다.
오늘 할 운동도 웬만해선 빠지지 않으려 하고, 오늘 써야 할 글도
조금씩 써놓는 습관을 들이고 있다.

마치 유화의 한 작품처럼 당장에 완벽한 작품으로 마무리되지
않는다 해도
팔레트에 물감을 짜듯 그 작은 시도만으로 나는 감정에 져버린

사람이 아니게 돼
만족스럽다.

오히려 이런 작은 움직임 덕분에
비록 지금은 우울하지만,
내일 행복해할 나를 위해 오늘의 내가 노력하는 것이다.

감정에 앞서 나를 잃지 않고,
더 나아질 미래의 나를 위해서 말이다.

숨을 한번 크게 쉰 뒤

온몸에 힘을 빼고
파도에 나를 맡긴다.

발버둥치면 오히려
더 깊은 심연 속으로 빠질 수 있으니

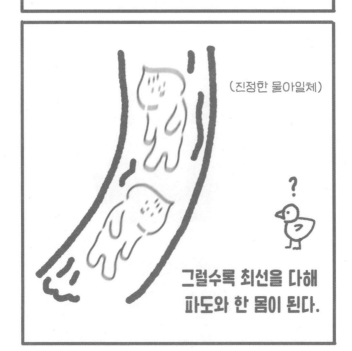

(진정한 물아일체)

?

그럴수록 최선을 다해
파도와 한 몸이 된다.

결국 한차례 여행을 마친 파도는

시간이 지나 원래대로
나를 데려다 놓아줄 것이다.

그리고 서서히 눈을 뜨면

**고요해진
나를 볼 수 있을 것이다.**

（부록）

근래에 힘든 일이 있었다.
온종일 머릿속엔 고통으로 가득 찼고
우울이란 바다에 침전하여 빠져나올 의욕조차 생기지 않았다.

'부정적인 생각하지 말란 말', '힘내, 잘될 거야'라는
주변 긍정의 말들이
오히려 강한 부정이 되어 나에게 돌아왔다.

"대체 어떻게 풀릴 거라 생각하는데?"

"왜 내가 힘을 내야 하는데?"

시간이 지난 후 사건이 해결됐을 땐,
어이없게도 다 잘될 것이라는 기대를 포기했던 순간이었다.

애써 긍정을 좇지 않고,
온종일 예민하고 힘든 나를 인정하며
부정적인 나를 부정(否定)하지 않을 때,

고통의 끈이 서서히 풀리는 걸 지켜볼 수 있었다.

나의 감정을 온전히 수용했던 순간,
그 찰나가 부력이 되어 우울의 바다에서 나를 올려주었다.

1. 좋은 기회

더 나은 미래를 위해 자신을 갈고닦은 시간은
나에게 좋은 기회를 가져다준다.

2. 노력에 대한 보상

큰 결과물이 아니더라도
분명히 나에게 보상을 가져다준다.
그것이 꼭 물질적인 것이 아니더라도.

3. 좋은 인연

자신을 발전시키고 노력하는 과정에서
새로운 인연, 좋은 사람들이 나에게 다가온다.
그리고 기회도 함께 온다.

4. 편안한 생각

꼭 성공하지 않아도 된다는 초연한 마음과 함께
결과가 아닌 노력하는 과정을 즐길 수 있게 된다.

5. 조금 더 성장한 나

지금은 비록 흔들리지만
결국 시간이 지나면 잘될 것을 알기에.
그 고통을 양분 삼아
조금 더 단단해진 나 자신을 볼 수 있다.

여기서부터는 일방통행입니다

호기심은 많지만, 끈기가 없어 항상 이렇다 할 결과물이 없는 게
나의 콤플렉스였다.

아빠가 내게 부탁한 일들을 할 수 있다며 큰소리쳤지만,
시간이 지나 못 하겠다고 내 손으로 뭉개 버리며
심지어 공모전 준비한다고 말 그대로 준비만 하다 접수 기간을
놓쳐 버리는 그런 사람.

그리곤 나보다 잘된 사람들을 배 아파하는 그런 사람.

그런 세월을 보내다 어느새 마주하게 된 앞자리 '3'이란 숫자에
내 맘은 하염없이 깊은 어둠 속에서 허우적거리며 앞으로 나갈
생각조차 하지 못하다가

이젠 뭔가를 보여줘야겠다고 시작하게 된 나의 글과 그림.

사실 인생을 살며 책을 꼭 내고 싶다라고 준비만 하다
준비로 끝난 나의 목표였지만,
이렇게 내 이야기를 쓰고 그리는 것이 얼마나 힘든 일인지 모르고

그저 생각 없이 뛰어들었다가

생각보다 내가 원했던 바다는 너무 깊어 발이 닿지 않아
당황스러웠다.

돌아가기에는 이미 너무 멀리 와 버렸고 여기서 포기하기엔
다시 그때로 돌아가는 것 같아 이도 저도 할 수 없었다.

그래서 난 결심했다.

결과가 보이지 않는 아득한 시간과
오로지 나 혼자 감내해야 할 외로움.
좌절 속 깜깜한 심연을 헤매야 할 두려움.

이 모든 것에 맞서서라도 내가 원하는 종착지에 가보기로 했다.

종착지는 내가 원하던 곳이 아닐 수도
생각보다 많이 벗어날 수도 있겠지만,

시도하지 않으면 평생 보지 못할 그곳을
한 번은 가보기로 다짐했다.

행복은 상태가 아닌 순간

ㅊㄷㄷ

과거 내게 행복이란, 취업에 성공해 진급하면,

연애를 하면 자연스레 따라오는 것인 줄 알았다.

경 승 진 축

감사합니당

인생네컷

하지만 행복의 시간은
깜빡이는 전등처럼 아주 잠깐일 뿐

두둥

연봉山

결혼山

성과山

(아…)

관문을 넘으면
또 다른 관문들이
날 괴롭혔다.

그리고 친구들도
자연스레 찾아오지 않을까.

애써 행복을 찾아
헤매지 않아도 말이다.

어린 날의 기억

"어릴 적, 행복했던 기억이 무엇인가요?"라는 질문에
여러 가지 기억이 내 머릿속에 스쳐 지나가지만
유독 선명하게 남아 있는 한 장면이 있다.

어둑해진 저녁,
당시 <태조 왕건>이 시청률 60퍼센트를 육박했던 그때,
온 가족이 둘러앉아 초롱초롱한 눈으로 본방송을 지켜봤던
내 나이 10살 그 무렵.

분위기에 휩쓸려 졸린 눈을 비비며 <태조 왕건>을 시청하다
졸음을 못 참고 잠들어 버린 나를
아빠가 안고 내 방 침대에 눕혀주던 기억.

분명 방금까지 태조 왕건을 보고 있었는데
눈 떠보면 항상 따뜻한 이불 속,
거기다 이불은 항상 발까지 덮혀있었던 선명한 순간.

사실, 어린 나는 아빠가 안고 방으로 데려다주는 게 좋아
졸리지 않아도 잠든 척을 몇 번 했다.

그럴 때면 항상 아빠는 묵묵하게 날 안고 침대에 눕혀 주었다.
지금 생각하면 굳이 깨워줄 수도 있었는데 말이지.

어디서 이런 말을 들었다.

어렸을 때 행복했던 기억이 많으면
어른이 되어도 작은 것에 행복한 순간이 많아진다고.

타고나기를 감성이 풍부한 사람이지만,
감사하게도 대단히 큰 사건보다도 작은 것에 행복해하는
어른으로 자라나게 됐다.

서른이 넘어 느끼는 거지만,
날 지탱하는 것도 이런 행복했던 순간이다.

차곡차곡 쌓인 따뜻한 기억 덕분에 인생에 고비가 와도
그럼에도 불구하고 내 인생은 꽤 괜찮은 거 아닐까? 하는 희망을
만들어주기도 한다.

그리고 언젠가 이 행복의 기억들은 내 머릿속에 뿌리 깊게 박혀
먼 미래 내 아이에게도 물려줄 수 있는 재산이 되지 않을까라는
생각도 한다.

과거 아빠가 그랬던 것처럼,
어느새 잠들어 버린 내 아이를 안고 다정히 침대에 눕혀 주며
따뜻하게 이불을 덮어주는 모습을.

아이는 사실, 이 순간이 좋아 잠든 척했겠지만.
소중한 추억의 한 장면으로 남아 있지 않을까?

어릴 적 내가 그랬던 것처럼.

둘.
나를 더 사랑할 줄 아는 서른

혼자의 레벨이 높진 않아도

: 주로 독립영화   : 주로 인디가수 공연   : 주로 시티팝 음감회

지금까지 꽤나 소소하게 잘 운영되고 있다.

굳이 왜 혼자냐고 묻는다면,

'나와 잘 지내기 위해서'라고 대답할 수 있다.

사회의 수많은 관계 속에서,

내 의견보다 다수의 의견을 따르는 게 많아지다 보니

어느샌가 진짜 나를 잃는 기분이 들곤 했다.

시간이 걸려도 좋으니,

내가 진짜 좋아하는 것들을 찾고

내가 좋아하는 것을 하려고 한다.

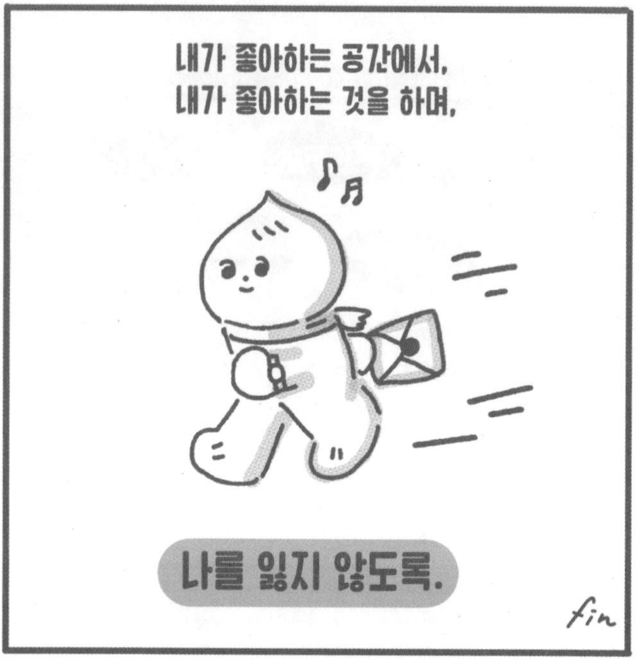
내가 좋아하는 공간에서,
내가 좋아하는 것을 하며,
나를 잃지 않도록.
fin

짧은 여행

30대, 현재 부모님과 함께 살고 있다.
무리하면 혼자서도 독립하여 살아갈 수 있지만
외로움을 잘 타고, 겁도 많고, 야무지지 못한,
한마디로 손이 많이 가는 타입이라
애초에 혼자의 삶은 포기한 지 오래다.

그런 내가 그나마 꾸준히 하고 있는 건 바로 '나홀로 데이트'다.
누군가가 아닌 나 혼자 취향대로 구경하고 느끼고 시간을
할애하는 것에 큰 만족감을 느낀다.

물론 연인 또는 친구와 취향을 공유하며
시간을 보내는 것도 행복하지만,
내 하루를 온전히 나 자신에게 집중할 수 있게 만드는 것이
결국 나를 사랑하는 방법 중 하나라고 생각하기 때문이다.

그리고 혼자 시간을 보내며 남을 더 이해하기도 한다.
길을 걸으며 타인과 함께 있으면 생각하지 못했을 관계의 끈을
혼자서 깊이 있게 관찰하기도 하고, 카페에서 글을 쓰며 쌓인
오해와 원망들을 풀어보기도 한다.

그렇게 시간을 보내면 머릿속이 개운해져서 집에 돌아오는데
꼭 목욕탕에서 목욕을 마친 후,
밖으로 나올 때 드는 상쾌한 기분이다.

가벼운 마음으로 유명하다는 빵집의 빵을 사고,
내 말을 잘 듣고 있는 건지 모르겠지만, 가족들에게 오늘 있었던
얘기를 미주알고주알 쏟아낸다.

마치 짧은 여행을 다녀온 것처럼.

그리고 몸을 일으켜봐요.

(빼꼼)

이번 강의 신청한
최달다라고
하는데요.

**좋아하는 취향을
발견하면 용기 내서
직접 찾아가는 내 모습**

어쩌면 완벽하지 않지만

이런 나라도
사랑해주겠니?

상대의 노력하는 모습에 반하듯,

그렇게 한 걸음씩
나를 사랑하고 있는 게 아닐까.

나에게 잘 보이기 위해

회원님 자세 좋아요!

오늘도 난
나를 유혹하는 중이다.

fin

나 자신을 꼬시는 법

나 자신을 사랑하는 법?
나를 사랑하게 만들면 된다.

마치 좋아하는 사람을 플러팅하는 것처럼
서서히 상대가 넘어오게끔.*
(*누가 보면 연애 고수인 줄 알겠다.)

잘 생각해보면 내가 포기하지 못하는
이상형 조건들이 있을 것이다.

   1. 외모가 깔끔해야 할 것.
   2. 게으르지 않을 것.
   3. 자기계발을 열심히 할 것.

등등

그것들을 나로 채우면 된다.

하루 종일 누워 있었다면,

오늘은 조금이라도 밖으로 나가서 산책하는 시간을 갖고
책 읽는 것을 좋아하지 않았다면, 글이 많지 않은 얇은 잡지라도
하나씩 읽기 시작한다.
출근할 때 귀찮아서 대충 입고 갔다면 일주일에 하루 만이라도
조금 신경을 써본다.

이런 루틴이 지속되면 생각보다 내가 꽤 괜찮아 보여서
서서히 욕심이 생긴다.
시간이 지나 그런 노력이 쌓이다 보면 어느새 발전한 나를
발견하게 될 것이다.

남들이 모르는 아주 미세한 변화일지라도,
계속 이어나가게 되면 좋아하는 사람의 단점마저 콩깍지가 씌듯
나의 못난 모습도 사랑할 수 있는 경지에 오르게 될 것이다.

포기 말자.
나 자신이 넘어갈 때까지 계속 플러팅해보자고.

킵고잉!
(나도 현재 진행 중이다.)

행복과 불행이란 감정

행복과 불행은 극과 극의 감정이지만,

뒷면

앞면

사실 동전의 양면과 같은 감정이다.

다음 중 틀린 그림을 찾으시오 (4점).

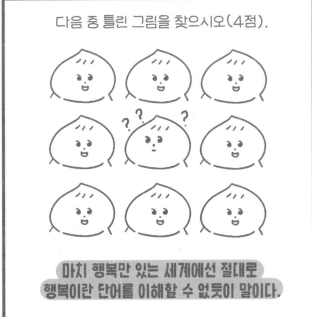

결국 불행이란 감정까지 포용하는 건

명상-

행복도 허용할 수 있다는 것.

절대 나오지 마!!!!

불행이란 감정을 억누를 것이 아니라

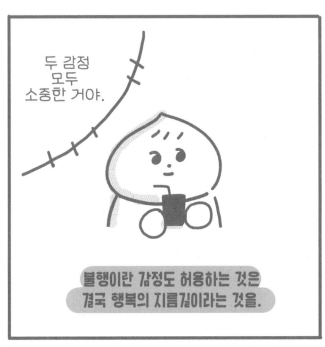

두 감정
모두
소중한 거야.

불행이란 감정도 허용하는 것은
결국 행복의 지름길이라는 것을.

두 감정을 모두 허용하는 건,

fin

나를 사랑하는 것이기도 하니까.

행복의 태

내가 상대의 행복을 판단하는 기준은
타인의 말을 통해 행복의 크기를 예상하는 게 아니라
무심한 일상 속, 자연스럽게 티가 나는 것들로 예측하곤 한다.

출근길, 에스컬레이터에서 앞서가는 한 가장의 백팩에 달린
나이에 맞지 않는 사랑스럽고 유치한 키링들.

또는 핸드폰 뒷면, 아이들이 붙여놓은 것 같은
무질서한 캐릭터 스티커들.

혹은 오랫동안 지갑 속 자리 잡은
연인과 함께 찍은 스티커 사진까지.

마치 친구 집에 놀러 가면 거실 한 벽면에
당연하게 걸려 있는 가족 액자처럼

굳이 티 내지 않아도, 남에게 떠벌리지 않아도

그냥 자연스레 묻어나오는 것들에 대한 행복을 통해

사랑의 척도를 감히 헤아릴 수 있다.

행복에 차 있는 사람들은
굳이 표현하지 않아도 저절로 드러나게 되어 있다.

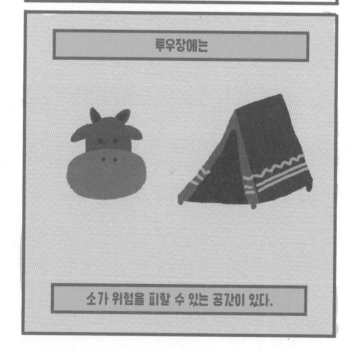

케렌시아라고 부른다.

Querencia

피난처, 안식처라는 뜻이다.

바쁜 일상에 지친 우리는

**그곳에서
다시 나아갈 힘을 기른다.**

fin

INFP

바야흐로 MBTI 대유행의 시대를 맞아
오늘날 외향, 내향, 직관, 공감 등 다양한 성향들이 인정받는
사회로 변해, 단체 생활보다 개인 생활을 선호하는 내향인들도
존중받을 수 있어 매우 기쁘게 생각한다.
(감사합니다 마이어스 & 브릭스!(MBTI 만든이))

약속이 취소된 한낮의 토요일 오후,
I의 비율이 82%인 난, 어김없이 나가기를 포기하고
혼자 방에서 쉴 생각을 하니 콧노래가 절로 나온다.

타인의 감정과 시선에 예민한 사람에게 혼자만의 공간이란

상대를 배려해줘야 한다는 생각을 할 필요 없고
내가 어떻게 보일까 긴장할 필요도 없고
어떤 이야기를 꺼내야 할지 미리 계산하지 않아도 되는 곳이다.

오로지 나만을 위해 나만의 공간에서(주로 내 방이다)
사회 밖에서 나를 쉬게 해줄 수 있다는 사실이
오히려 배려받는 느낌이 든다.

아주 조용한 방에서
좋아하는 간식도 먹고, 영상도 보고 일기도 쓰고 책도 보고
그러다 침대에 누워 과거의 떠오른 흑역사로 이불킥 몇 번 한 뒤
내일을 위해 잠을 청한다.

아무리 설명해줘도 대문자 E들은 이해 못 할 적막함 속 편안함.

대문자 I는 다가올 한 주도 잘 살아내기 위해
하루하루 혼자 있을 공간과 시간을 확보할 것이다, 아주 열심히.

그리고 갑자기 다시 잡힌 주말 약속에
이번에도 은근히 취소되길 기대하면서 평일을 버텨낸다.

(하지만 막상 가면 잘 논다.)

살면서 나를 배신하지 않은 것들

ㅊㄷㄷ

1. 꾸준한 기록

낙서라도 좋다.
조금씩 써 내려간 기록들이
나만의 콘텐츠가 되고,
나에 대해 더 잘 알아갈 기회가 된다.

2. 독서

남들에게 말하지 못한 고민을
저자의 조언과 위로를 통해
치유받을 수 있다.

3. 나만의 취향

(그림)

(공연)

(전시)

(음악취향)

전서

CD

소소한 것이라도 좋다.
작은 취향들이 하나씩 모여
나만의 매력을 더 견고히 만들어준다.

4. 새로운 시도

평소 하지 않았던 운동 또는 여행 등
잠깐이라도 안정된 곳에 벗어난 시도들이
자긍심과 자존감을 높여준다.

5. 혼자만의 시간

누구와도 아닌 혼자만의 시간을 통해
자신과 대화를 하며
나 자신을 더 사랑할 수 있게 만든다.

fin

나 자신을 배신하지 않기로

초등학교 시절, 내가 가장 좋아하는 친구가 있었다.
그 친구가 너무 좋아 주말마다 우리 집으로 불러
같이 점심도 먹고, 간식도 먹고, 생일 때는 선물도 사주고 편지도
써주고 했는데.
내 생일이 되자 작은 편지는커녕, 심지어 축하한단 말 한마디
해주지 않았다.

그래도 어린 맘에 관계를 지속해 나갔지만,
다른 친구를 통해 그 친구가 아무 이유 없이
내 흉을 보고 다닌다는 것을 알았다.

그게 아마 내 인생 첫 배신(?)을 당한 기억이 아닐까 싶다.

어린 시절 에피소드라 지금이야 웃고 넘어가지만,
그 당시는 아니었나 보다.

왜 내 흉을 보고 다니냐며 따지지도 못하는 소심한 성격 탓에
그 친구와 마주치지 않기 위해 등교하는 시간을 피해
평소보다 일찍, 아니면 늦게 학교에 가곤 했다.

그럼에도 불구하고 등굣길
그가 다른 친구와 같이 가는 걸 볼 때면
뒤에서 항상 난 몇 걸음 더 느리게 걷거나
다른 길로 돌아서 가곤 했다.

왜 항상 배신은 사람의 가장 약한 부분을 건드려 이렇게 마음을
아프게 할까?

사람을 너무 좋아한 점, 혹은 상대를 너무 믿어
모든 것을 다 보여준 점으로부터 시작된 걸까?

정확한 출발점은 모르겠으나,
타인과의 감정을 통한 교류는 너무나 교묘해서
믿는 것도 한순간, 그리고 사랑에 빠지는 것도 한순간,
이렇게 배신을 당하는 것도 한순간인 것 같다.

개인적으로 사람의 감정을 이용하는 게
제일 나쁘다고 생각하는 사람으로서 맘 같아선 가해자로 취급해
사기죄로 전부 다 넣어 버리고(?) 싶지만,
그럴 수 없는 현실을 알기 때문에 씁쓸하다.

한때 좋아했던 남자가 잔잔했던 내 맘에
핵폭탄을 떨군 적이 있다.

한동안 그가 바래다줬던 곳을 지나가지 못하고
굳이 그곳을 피해 돌아서 집으로 가곤 했다.

내가 잘못한 것도 없는데,
난 왜 감정의 피해자란 이유만으로 자꾸만
그 기억에서 벗어나지 못하고 피하고만 다니냐며
나 자신을 다그쳤다.

결국엔 나를 지킬 수 있는 건 나뿐이고.
나를 배신하지 않는 건 나밖에 없다.

비록 상처가 깊어 수습할 수 없는 지경에 이르러,
100명 중 99명의 사람이 그 상처는 복구하기 힘들다 말해도
괜찮다, 이겨낼 수 있다며 말할 수 있는 한 사람이
바로 나여야 한다는 사실을 알아 한다는 것을.

언젠가 모든 게 무너져 버려도
나 자신은 절대 무슨 일이 있어도 나를 배신하지 않기로.

오늘도 그 사람이 바래다준 그곳을 걸어가며 다시 상기해본다.
많은 풍파 속에서도 결코 나 자신이 나의 가해자가 되지 말자고.

삶은 내 뜻대로 흘러가지 않고
예측 불가한 일들이 많다는 것.

그래서 생긴 습관은
항상 반대의 가설을 세우고 대비하는 습관.

예를 들면, 좋은 제안을 받았지만
순조롭게 이뤄지지 않을 가능성이 있다.

**반대로, 힘들고 어려운 일을 하고 있지만,
이를 계기로 더 좋은 기회가 생길 수 있다.**

**내 삶은 내가
모두 컨트롤할 수 있다는 오만함보다**

우하하하

**밀물, 썰물과도 같은 인생의
흐름을 인정하는 겸손함이**

쏴아아-

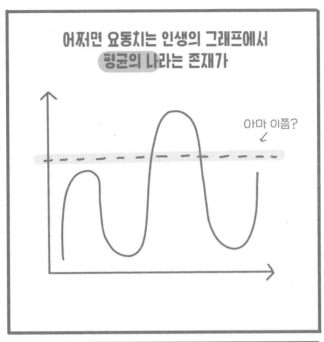

어쩌면 요동치는 인생의 그래프에서
평균의 나라는 존재가

아마 이쯤?

예외라는 삶의 변수에서
나를 지켜줄 수 있으니까.

ZZZ

적어도 나에게는.

fin

기상이변

난 내가 부족한 것들을 잘 알아서
그 갭을 메꾸기 위해
잔잔한 고통을 느껴가며 나름대로 최선을 다하고 있다.

오늘처럼 가끔 힘들어 지치기도 하지만,
이마저 한때인 걸 알고 있다.

내일이 되면 언제 그랬냐는 듯 괜찮아질 것을 알기 때문에
혼자서 글을 쓰며 궁상을 떤다.

이런 일이 한두 번도 아니고 나중에 이불킥 하기 싫으니
남에게 아닌, 나 자신에게 주절주절 하소연을 털어 놓는다.

난 분명 괜찮아질 것이고 바로 다음 날이 되면,
왜 이렇게 글이 무거울까 어이없어하겠지마는….

이마저도 나의 일부인 걸 어찌하리.
이렇게 30년 넘게 살아왔는데 어떻게 한 번에 바뀔 수 있을까.

이런 기분은 마치 고요한 바다에 갑자기 비바람이 일어
자꾸만 왔다 갔다 배가 안정적이지 못한 것과 같다.

해상이 좋지 않으면 그날 배를 출항시키지 못하듯이
아마 오늘의 기상이변 때문에 난 잠시 쉬고 있는 것뿐이다.

다음 날이면 날씨가 좋아져 출항할 수 있으니까.
제때 못 갔다고 너무 자책하지 말자.

배가 제시간에 안 갔다고 사람들은 잠시 잠깐의
불평불만을 느낄 뿐
생각보다 자신의 일상으로 빠르게 돌아가니까.

다른 사람의 기분까지 내가 가져와 나를 못살게 굴지 말자.

하루 종일 기분이 무거우면 어때.
그냥 그런 날도 있는 거고,
내 맘대로 풀리지 않아 속상할 때도 있는 거지.

그게 내 전반적 인생이 아니라 하나의 장면일 것이라 생각한다.

바로 내 단점을 인정하는 태도다.

사람들은 보통 자신의 좋은 면만 받아들이려고 하지만,
자신의 단점을 받아들이려고 하지 않는 맘이 있다고 한다.

사실 나 또한 애매한 창작 실력으로

실력 없다고
욕하면 어쩌지.

난 전공자도
아닌데.

친구들이
놀릴 것 같아.

아무도
안 볼 것 같아.

나의 작품을 밖으로 드러내기 매우 힘들어했다.

비판으로부터 자유로워지고,

(이제 널 피하지 않을게.)

단점을 인정하니 많은 것을 도전할 수 있어

저절로 나를 더 사랑할 수 있게 됐다.

나의 찌질한 모습도 사랑해줄 수 있는 것.

그리고 숨기고 싶은

내 콤플렉스도 진심으로 사랑해줄 수 있는 것.

자존감의 파도

자존감이 높은 것 같다고
타인의 입을 통해서 가끔 들을 때도 있지만,
사람은 항상 자존감을 높은 상태로 유지할 수 없다고 생각한다.

내게 자존감이란 파도와 같다.
상황에 따라 매우 높을 때도, 한없이 낮아질 때도 있다.

바다는 항상 잔잔하게 유지될 수 없는 일.

그날의 날씨에 따라 매우 유동적으로 변할 수 있는
한마디로 기분처럼 오르락내리락할 수 있는
매우 예민하고 민감한 존재라고 생각한다.

한 예능 채널에 출연한 전문가는 이런 말을 남겼다.

'어떤 일이 생겨도 난 잘났어, 난 훌륭해' 식의 자존감은
진정한 자존감이 아닌,
'나를 똑바로 바라보는 것부터 자존감의 시작'이라고 말했다.

내가 어떤 부분에서 한없이 추락하는지
그 부분을 정확히 알고 나의 무력함을 인정하는 것부터가
진짜 자존감의 시작이지 않을까 싶다.

약하고 약해진 내면 속 아이를 어떻게 대할 것인지
정확히 살핀 뒤, 날 위한 아주 사소한 배려의 시작이
해일처럼 다가오는 현실의 암담함 속에
막대한 피해가 가지 않도록
하나의 대비책이 되어주지 않을까 생각한다.

남과의 비교를 멈출 수 있을까?

사회의 한 구성원으로서

흠…

내 연봉은 말야.

사람들과의 비교는 멈출 수가 없다.

매스컴에서 말하는 '남과 비교하지 말라'의 심플한 조언은

비교를 멈추는 법 ▶

남과 자신을 절대
비교하지 마세요.

어쩌면 이미 성공한 이들의 눈높이라

CAFE

흥

나도 아는
말이라구

종료 삑-

대단하지 못한 내겐, 난이도가 높은 방법이었다.

그리고 인정하는 것.

숲

'나무를 보지 말고 숲을 봐라.'

숲을 보기 위해선 어떻게 해야 할까?

높은 곳에서 올라가서 봐야 내 시야에 전체적으로 들어올 수 있지
않을까.

그게 아니라면
최소 몇 걸음 떨어진 곳에서 봐야 대략적인 형태라도
보이지 않을까.

회사 - 집 루틴이 지속되니
이상하게 시야가 자꾸 좁아지는 느낌이 든다.

내가 보이는 건 사회에서 만난 사람들뿐.

그들이 하는 말들이 모두 정답 같고

지금 이 시기에 해당 미션을 해결하지 못하면 꼭 도태될 것만 같은

불안감에 스트레스를 받고 있다.

한정적인 자원에서의 내 시야는 서서히 좁아져
앞만 보고 달리는 경주마의 눈가리개처럼 좌우가 가려진 채
세월을 보내고 있다.

보이는 건 다 같은 나무들뿐.

이게 내 인생의 전부는 아닌데
너무나 편협한 사고로 나도 모르는 나의 미래를 점치고 있다.

숲을 보고 싶다.
조금은 먼 곳에서 나를 제대로 보고 싶다.

내가 어디에 있는지.
어느 곳으로 갈 건지.

그리고 내가 어디를 향해 있는지.

달다 님, 제가 나이가 있어서 그런지

정말요?

멀리서 봤을 때 이건
인생의 점조차 되지 않을 사건이에요.

지금은 그 사람이
커 보이겠지만

시간이 지나면 기억조차
나지 않을 사랑일 거예요.

힘든 일이 있을 때마다 생각한다.

(시간이 지나니,
진짜 기억이
희미해졌네.)

호록-

이 고통은, 멀리서 봤을 때

먼지보다도 더 작은 일일 것이라고.

큰 행성이라고 느꼈던 것이

시간이 지나 점점 작고 작아져
흔적조차 남지 않게 된 것처럼.

fin

아무것도 아닌 존재

분명 한때 사랑했던 사람이었으며,
헤어질 땐 세상이 무너지듯 정말 힘들었는데

시간이 지나 어느 순간
그 사람의 전화번호와 생일이 기억나질 않는다.

당시 너무 힘든 사건이 있어 하루 종일 나 자신을 책망했었는데
나중에는 그 일이 어떻게 해결됐는지 기억조차 나질 않는다.

사실 이런 일들이 과연 내 머릿속에 쉽게 지워져도 되는지
고민했다.
영화 <메멘토>처럼 기억을 몸에 새기는 것까지는 아니더라도.
잊기에는 사실 좀 미안했다.

어느 봄, 일본 여행 후 돌아오는 비행기 안에서 창밖을 바라봤다.
아주 깜깜한 하늘 아래 무수히 빛나는 건물들,
그 작은 불빛 안에 사람들이 촘촘히 살고 있다.

멍하니 빛을 바라보다

비행기 고도가 점점 높아지며 불빛조차 희미해져
어느샌가 내 눈앞에 사라져 버렸다.

어쩌면 사라진 그 불빛처럼 멀리서 보면
우리의 존재도 아무것도 아닐 것이다.
그리고 아무것도 아닌 우리가 겪는 일들도
아무 사건이 아닐 수 있다.

하늘에서 보면 점보다 못한 일들을 우리는 아파하고
또 고통스러워한다.

그리고 언제 그랬냐는듯 희미하게 잊힌다.

우리는 아무것도 아니기에,
아무것도 아닌 일처럼 잊힐 수 있는 걸까.
쉽게 잊힐 수 있어, 남은 생을 툴툴 털고 일어나
아무렇지 않게 살아갈 수 있는 걸까.

20대에 알았으면 좋았을 것들 5

힝구…

ㅊㄷㄷ

1. 건강 및 체력 관리

헛둘

30대가 되면 훅 떨어지는 체력과 건강
미리미리 운동하는 습관을 들여놓자.

2. 지나갈 인연

나에게 맞지 않는 인연들은
언제가 됐던 떠날 인연들이니,
집착하지 말자.

3. 내가 만드는 인생

인생의 답은 객관식이 아닌 주관식.
내가 인생의 정답을 만들어갈 수 있다.

4. 남들의 조언은 적당히

남들의 적당한 조언은 들을 수 있지만,
모두 수용할 필요는 없다.

5. 부모님과의 시간

20XX.OX.XX 제주도에서

해가 지날수록
점점 나이가 드시는 부모님…   *fin*
더 늦기 전에 함께 많은 시간을 보내자.

동경

내가 다니는 회사는
근처 중학교, 고등학교가 나란히 붙어 있다.
그래서 더욱 교복 입은 학생들을 자주 마주친다.

출근길 혹은 점심시간,
내 모든 시선에는 학생들이 한 장면처럼 걸려 있다.

성인들은 요즘 학생들을 속된 말로
과거와는 달리 여우 같고, 교활하다고 표현하지만
내 시선엔 학생들은 여전히 아름답기만 하다.

졸린 눈을 비비며 편의점에서 커피와 과자를 고르는
한 아이의 취향.
아이의 팔 깁스에 쓰여 있는 친구들의 응원 문구들.
눈 오는 날, 운동장에서 그림을 그리는 아이들의 웃음소리.

수능 날, 데려다준 부모님을 오히려 안심시키며
포옹하는 아이의 모습까지.

너무나 귀해 가끔은 그들의 순수함이 부러워
눈물이 조금 날 때가 있다.

나이가 들며 사회의 때가 묻어 흰 와이셔츠 같았던 내 마음이
의도와는 다르게 흙탕물이 튀어 지워지지 않는다.

때로는 남들에게 흰 와이셔츠처럼 보이지 않기 위해
일부로 더러운 척을 하기도 한다.

그럴수록 하늘은 내 마음을 시험하듯,
자꾸만 내게 순수한 것들을 보여준다.

그들의 티 없이 맑은 마음을 동경한다.

지나가고 다시 돌아올 수 없지만
내 마음에 세탁기가 있다면,
표백제로 잘 빨아서 햇볕이 좋은 밖에 말리고 싶다.

이미 구겨져서 펼쳐지지 않지만,
말끔히 세탁한 옷을 다리미로 잘 다려 다시 입고 싶은 맘뿐이다.

어제보다
나은 오늘

30대가 되기 전까지 많은 좌우명이 있었지만

No pain
No gain   (흑역사)

억대연봉!   세계 최고가
              되어 보자

         아프니까 청춘   ×͜×

큰 꿈은 깨진 조각도 크다

서른이 넘어서 지금까지 바뀌지 않는 좌우명은 바로

지인에게 내 좌우명을 얘기했다가

너무 소박한 거 아니냐 질문을 받았는데,

누구보다 자신을
잘 아는 사람으로서

LV.70

님, 나
잡아볼텨?

거창한 것을
못할 거란 걸
잘 알기 때문이다.

귀차눈데…

최달다우: L5
HP:

특별한 것 필요 없다.
어제보다 책 한 장 더 읽고,
어제보다 좋은 생각하고,
어제보다 조금 더 걸을 뿐.

이것뿐이다.

이 좌우명을 고집하는 이유는

이자++++

작은 습관 하나로 인해

불어날 이자를 알고 있기 때문이다.

눈에 보일까 말까 한 움직이지만

멀리서 보면 생각보다 출발선과 멀어진 나를 볼 수 있다.

(점)

TV 채널을 돌리다 한 프로그램을 보게 됐다.
외국인이 한국에서 살아가는 프로그램이었는데
그는 우리나라에서 작가로 생활하기 위해
자영업을 하며 빠듯하게 생계를 유지하고 있었다.

타지 생활이 조금은 힘들지 않냐는 질문에
그는 이렇게 답했다.

"이 모든 게 작가가 되기 위한 과정들이에요."

지금까지 난, 내가 원하는 대로 모든 것이 순조롭게 흘러간
인생이라고 생각하진 않는다.

대학 입시, 내가 선택한 학과 그리고 반수 생활부터
첫 알바, 첫 직장까지
나의 예상대로 착착 진행된 것들이 아니라 항상 예상에 빗나간
일들의 과정이었다.

원하던 것과는 다른 환경들로 나를 혼란스럽게 했으며

어쩔 수 없이 선택한 일들을 통해 어찌저찌 지금까지 오게 됐다.

서른이 넘은 지금까지 나의 인생에 무질서하게 찍어 놓은
점이라고 생각했는데,
시간이 지난 후 점들을 하나씩 이어보니 과거 내가 원했던 모양과
가까워지고 있는 것 같다는 생각이 들었다.

'잘못 탄 기차가 목적지에 데려다준다'라는 말처럼
기대와는 다른 일들이 나의 꿈을 더 구체적으로 꾸게 해줬으며
여러 계기를 통해 나의 버킷리스트였던 '작가'의 꿈으로 인도해줬다.

가끔은 생각한다.

내가 과연 지금과는 다른 학과를 선택했다면,
혹은 다른 직장에 취업했다면,
심지어 다른 사람과 연애를 했었다면,
이렇게 글을 쓰고 있을까?

사실,
20대의 계획이라면, 현재 나이의 난.
결혼을 했고, 자녀가 있고 어딘가에 학생들을 가르치며 교수로
살아가는 한 여성일 것이다.

내 계획과는 달리 지금의 난 완전히 다른 삶을 살아가고 있지만,
이 순간의 점도 그보다 더 좋은 곳으로 안내해줄 수 있는
이정표가 되어주지 않을까라고 생각한다.

그 외국인이 말했던 것처럼 이 무수한 점들이 꿈의 과정이라면,
무지막지하게 찍힐 나의 점들이
결국 내가 원하는 모양으로 완성되기를 오늘도 바라고 또 바란다.

셋.
20대와는 다른 서른의 사랑

30대의 연애란

ㅊㄷㄷ

3 1

내 나이 써리 원∿

(주의:다소 개인적인 견해가 들어갔음)

20대와는 다른 30대의 연애 특징

1. 거절은 신속하게

2. 어장 관리 극혐!

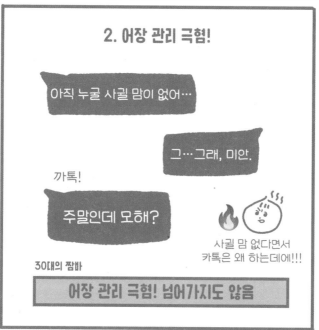

3. 다정한 사람이 최고

어머, 지나가는 말로 한 건데.

마카롱 좋아하신다 하셔서요.

매력적인 사람도 좋지만,

나에게 다정한 사람이 젤 좋음.

4. 말 잘 통하는 사람이 좋음

정말 좋더라구요.

오, 저도요!

(♥ 호감도가 +50 상승했습니다.)

대화가 잘 통하면 호감도 급 상승!

서른의 사랑

어느 예능에서 한 연예인이 이런 말을 했다.
20대 때는 10가지 중 한 가지만 맞아도 사랑을 시작했지만,
30대가 된 이후 10가지 중 한 가지만 틀려도 사랑을 시작하기
어렵다고.

그만큼 30대는 20대와는 달리 서로 맞춰갈 에너지와 열정도 점점
옅어진 게 아닐까.

그의 말에 많이 공감했다.

새로운 사람을 만나 다음 약속을 정하게 될 때까지
그를 향한 애정보다도 내 컨디션을 먼저 생각하게 된다.
나의 시간과 에너지를 쓸 정도로 그 사람에게 호감이 있는 걸까?
이런 전제로 머릿속 계산기를 두드리게 된다.
내가 일궈놓은 것들, 그리고 지켜야 할 것들이 많아진 나이가 되니
로맨틱 코미디 속 낭만은커녕, AI와 같은 감정으로 사랑을 대하게
된다.
그게 자연스러운 과정이란 것은 알지만,
그럼에도 불구하고 낭만을 느끼고 싶다.

지금 있는 자리에서 내가 가진 것들을 지키기 위해
버티는 것만으로도 힘에 부치지만
어릴 적 철부지처럼 누굴 아무 조건 없이 사랑한 적이 있었을까.
그 애틋했던 순수한 마음이 그립다.
희미해져 가는 낭만의 불씨를 애써 지키고 싶은
서른 초반 나의 모습이
조금은 애처로워 보이는 날이다.

30대의 소개팅을 대하는
마음가짐
반가워요!
말씀 많이 들었어요~
ㅊㄷㄷ

소개팅으로 성사되는 커플이
우리
소개팅에서 만났어.
(청첩장 모임)
대박
손에 꼽을 정도로 많지 않다곤 하지만,

그 실낱 같은 작은 가능성이라도

실현하기 위해 만남을 가지는 것 같다.

여러 소개팅을 거치고

실제로 연인이 돼 본 적도 있지만,

누굴 만난다는 건 결국

나를 알아가는 것 같다.

모호했던 나의 이상향들이

탕탕

타인을 만나며 점점 깎이고 깎여

**마침내 내가 원하던 모습을
만나게 되기 때문이다.**

소.개.환.영

자연스러운 만남(자만추)은 대학생 때 끝났다고 생각한다.
30대 직장인이 되면, 새로운 만남을 위해선 인위적인 무언가가
첨가되어야 한다.
그 무언가는 '에너지'가 될 수 있고, '사람'이 될 수 있다.

신선한 만남의 장소로 가기 위해선
나의 충분한 에너지가 필요하다.
이마저도 힘들면 주선자의 에너지를 빌려 쓰는 방법도 있다.

"그래서 말인데,
괜찮은 사람 있는데, 소개받아 볼래?"

감사하게도 아직까지 소개팅 시장에 수요가 있는 사람인지 종종
소개팅 제안이 오기도 한다.

하지만 정해진 장소와 시간, 짜인 대본 같은 말들의 향연,
이 모든 게 어색해서 소개팅을 거절한 시기도 있었다.

그러나 같은 일상이 반복되며 새로운 만남도 점차 줄어들게 되더니

스스로 움직이지 않으면 모든 게 변하지 않을 것이라는
느낌에 웬만해선 거절하지 말아야겠다고 생각을 바꾸게 됐다.

꼭, 인연을 만들어야 하는 강박보다는
내 편협했던 세계에서 짧은 만남을 통해서라도
다양하게 체험한다는 의미로.

상대가 어떤 삶을 살아왔고,
어떤 철학을 가지고 인생을 살아가는지
이런 인위적인 방법이 아니면 평생 알지 못할
다양한 이야기들을 얻고자 나선다.

물론, 서로 맘이 통하여 인연으로 발전되면 베스트겠지만,
그게 꼭 아니더라도 이런 만남을 통해 더 나은 나로 만들기
위해서 말이다.

이 기회가 아니면 다시 오지 않을 만남의 물결을 막아서기보단
물결이 전해오는 진동도 온전히 느껴볼 필요도 있는 것 같다.

한 살 더 먹기 전에.

결혼 조급함에서
빠져나오기

띠링-
✉ [모바일 청첩장]

ㅊㄷㄷ

하나둘 떠나가는 친구들을 보며,

띠링-
✉ [모바일 청첩장]

혼자 남겨진 난,

한때 결혼에 대해서 많은 집착을 했다.

언제까지 비가 그치길 기다릴 수는 없는 일.

마음을 다시 잡고 혼자인 순간을 즐기기로 했다.

꿈을 위해 노력하고, 혼자 아니면 할 수 없는 것들을

하나씩 채워가다 보니

조급함보다는 오히려

(벌써 시간이 이렇게 됐네.)

지금 이 순간이 다행이라는 생각이 들었다.

나도 언젠가 결혼을 하게 되겠지만,

돌아오지 않을 이 시간을 걱정으로 낭비하기보단

나의 발전을 위해 노력하면,

더욱 성숙해진 나에게 걸맞은 성숙한 인연이
다가오지 않을까 생각해본다.

fin

결혼 적령기의 고민

언젠가 한 지인이 "내가 뭐가 못나서 결혼을 못 하는 걸까"라는
말을 한 적이 있다.

'적령기가 다가오면 괜찮은 사람은
이미 누군가가 채갔고 남아 있는 사람은 하자(?) 있는 사람'으로
단정 짓고 있던 것이다.

지인의 말에 공감 못 하는 건 아니다.
주변인들이 하나씩 결혼을 하면 조급함은 당연히 생길 수 있다.

나도 그랬고.

음식을 급하게 먹으면 체하듯이,
평생 유지할 인연을 그런 조급함으로 선택하면
분명 탈이 날 것으로 생각한다.

결혼은 언제 하는 게 중요한 게 아니라
누구와 하는 것이 더 중요한 건데….

집으로 돌아가는 차 안, 그가 한 말을 곰곰이 생각해봤다.

괜찮은 사람들이 이미 다 결혼한 것이라면,
결국 기혼자들은 정말 좋은 사람들이어야 할 텐데,
아이러니하게 오늘날 이혼 프로그램이 너무나 유행 중인 것 같다.

사랑=책임

점심시간, 오랜만에 전 직장 선배를 만나 식사를 했다.
서로의 안부를 주고받다 내가 이별했다는 얘기를 듣고
어느샌가 우리의 이야기는 '사랑'이란 주제로 번졌다.

결혼한 지 N년 차인 선배는 내게
'우리 부부는 서로 이혼하지 않기 위해 노력한다'라는 말을 했다.

순간 선배의 결혼생활에 위기가 온 건지 당혹스러웠지만,
바로 이어서 해준 말을 통해 오해를 바로잡을 수 있었다.

"그만큼 결혼이란 건 연애보다 더 많은 노력이 필요하단 뜻이야."

두 사람의 사랑만이 전부였던 연애에서
'운명공동체'라는 단어에서 비롯한
결혼의 무게를 느낄 수 있었다.
각자 인생에 최악의 순간이 되지 않으려 함께 노력하는 것.

사실, 사랑의 의미는 따로 있는 게 아니라
상대를 위한 책임감과 지속적인 노력에서 오는 게 아닐까라는

생각을 했다.

덧.

ChatGPT에게 사랑과 책임감의 관계에 대해 물어봤다.
다음은 질문에 대한 대답이다.

'사랑과 책임감은 서로 보완되는 개념으로,
상호적이고 지속 가능한 관계를 유지하는 데
중요한 역할을 합니다.
책임감 있는 사랑은 서로에게 대한 배려와 존중을 나타내며,
이는 건강하고 튼튼한 관계를 형성하는 데 도움이 됩니다.'

앗, 뜨거.

어쩌면 세상은

우리에게 배움을 주기 위해

다양한 빛깔의
사람들을 만들었나 보다.

fin

찌질이

내가 왜 이리 못나 보이는지 모르겠다.
좋아하는 그 사람에 비해
난 한없이 부족한 사람 같다.

그가 하는 사소한 모든 것은 대단해 보이고
더 좋아 보이고.

그에 비해 난 왜 이리 하찮아 보이는지.

어딜 가서도 자연스럽고 당당했던 나였는데
그 사람 앞에서는 말도 더듬고 자꾸만 어이없는 실수를
하게 된다.

나 자신을 사랑하지만,
그 앞에서는 난쟁이처럼 작아지는 내가 싫다.

작은 것 하나에 의미 부여하는 내가 싫다.

어떤 사람을 좋아한다는 감정 하나만으로
평생을 살면서 이렇게 나 자신을 싫어했던 적이 있었는지.

알다가도 잘 모르겠다.

일기 속 나는 너무나도 사랑받는 아이였고,

199X년 X월 XX일
너무 귀여운 내 딸.
첫 걸음마를 성공했다!

199X년 X월 XX일
달다를 보면
항상 웃음이 난다.

199X년 X월 XX일
유치원 입학식에 간 달다
멀리서 지켜보다 눈물이 났다.
벌써 이렇게 컸다니…
(*실제 기록)

존재 자체로 기쁨을 주는 부모의 선물이었다.

엄마의 이런 기록이 내겐 큰 힘이 됐다.

난 사랑받은
아이였어.

자신감을
잃지 말자.

넘치는 사랑을 받는 아이였기에,

넘어져도 다시 일어날 용기를 가질 수 있었다.

그래서 난,

글을 쓰기 시작했다.

아직 결혼도 하지 않았고 내게 자식도 없지만,

(지금의 내 나이가 된 아이가
내 그림과 글을 봤음 좋겠어.)

먼 훗날, 내 아이에게 힘이 되길 바라며.

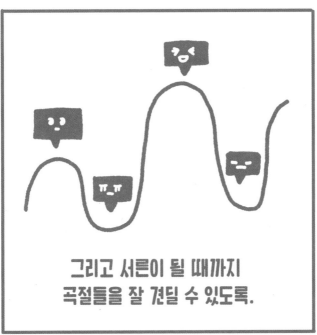

그리고 서른이 될 때까지
곡절들을 잘 견딜 수 있도록.

앞이 보이지 않는 미래를 걱정하며
눈뜬 채 지새우는 밤을.

많은 사람 속 문득 혼자인 것 같아
외로운 시간을.

내 맘과는 다른 상황들로
답답한 나날들을.

（엄마의 청춘은 이랬구나.）

달다
주니어

나의 기록으로 조금이라도 위로받았으면 좋겠다.

힘들 때마다 펼쳐봤던 옷장 안 엄마의 육아일기처럼.

（현재의 나）

（미래의 너）

fin

아이에게도 소중한 선물이 되길 바라본다.

육아일기

공덕역 지하철 역사 안 환승 통로 좌측에 작은 꽃가게가 생겼다.
매번 퇴근길을 지나치며 엄마가 좋아하는 백합이 있나
항상 매의 눈으로 살펴본다.
전형적인 무뚝뚝한 경상도 배우자를 둔 엄마는 본인 남편에게
꽃 선물 받기가 여간 어려운 게 아니다.

행사에서 받은 꽃다발을 엄마에게 준 게 선물한 거라며
아빠는 자신의 결백을 주장하지만,
아직 소녀 감성이 남아 있는 엄마는
남편의 변론을 인정하지 않는다.

그래서 하나뿐인 딸이 엄마의 꽃 선물을 담당한다.
특별한 날이 아니더라도 퇴근 후 엄마가 좋아하는 꽃을 사서
서프라이즈로 선물하곤 하는데,

다른 이유는 없다.
내가 사랑하는 사람이 좋아하는 선물을 받고
며칠 행복해하는 모습을 보면
덩달아 나도 기쁘기 때문이다.

언젠가 계절이 바뀌는 시점, 엄마는 옷장을 정리하다
오래된 육아일기를 보게 됐다.
육아일기 안엔 과거의 기록, 그리고 남매가 쓴 편지와
우리가 그린 그림 조각들로 뒤엉켜 있었다.
엄마는 내게 이것 좀 보라며 방 안에 있는 나를 불러
함께 추억들을 보며 한참을 웃었다.

그중 한 일기가 내 눈을 사로잡았는데,
5살인 내가 엄마에게 풀을 뜯어 꽃이라며 선물하는 장면이었다.
엄마는 어린 내게 강아지풀을 선물받았다고 행복했다며
일기를 쓴 것이었다.

기록의 중요성이 빛을 발하던 순간이었다.
엄마에게 꽃 선물하기를 좋아했던 다섯 살의 내가,
서른이 넘은 지금의 나와 맞물리는 시점이었다.

마음이 일렁였다.

달라진 건 신체와 나이뿐이었다.
엄마의 행복한 모습을 보고 싶은 내 모습은 다섯 살의 나와
서른하나의 나와 동일했다.

그리고 30대였던 엄마도 60대가 된 지금도 꽃을 좋아하는 건
여전히 똑같다.

순간 내 마음은 오후 4시의 따뜻한 햇빛처럼 포근했다.
마치 포대기에 싸인 아기가 엄마 품에 안길 때

아마 이런 느낌이 아닐까 싶기도 했다.

퇴근길, 다시 그 꽃집에 들렀다.
백합이 아직 철이 아니라며 장미를 추천해주는 사장님의 말에
노란 장미 몇 송이를 포장해 엄마에게 안겨줬다.

엄마는 백합이 더 좋지만, 노란 장미도 나름 예쁘다며 꽃병에
꽂아 거실 선반에 두었다.

엄마는 오늘을 어떻게 생각할까?
20여 년 전 그때처럼, 딸에게 꽃을 받았다며 행복해할까?

향기가 가득한 저녁,
꽃병에 담긴 꽃을 보고 사진을 찍는 엄마에게
난 바라는 건 많지 않다.

항상 건강하고,
지금처럼 당신이 아주 많이 행복했음 좋겠다.

96. 7.
하루는 엄마가 밖에서 한참 놀다 들어가더니
손에 뭘 들고 있다.
근데 작은것 강아지 풀은 뽑아선 꼭 움켜 쥐고는
엄마에게 건네 준다.
"엄마 꽃 …"
너무 예쁘고 귀엽다.   지난 사흘가선 논둑에서 한참동안
토끼풀을 뜯다 와 놀라는 "엄마 갔다 줄거야" 그러면
엄마가 기뻐 하실거야" 라더니 ….

다정한 사람들이 강한 이유

말 한마디를
상대를 위해 한 번 더 생각하고,

자신의 욕심보다
타인을 위해 양보하며

사소한 행동 하나하나에
진심이 담겨 있고

부정적이기보단
항상 긍정적인 모습을 유지하는

이는 정신적인 여유,
그리고 신체적 체력이 밑받침되지 않으면
쉽게 생기지 않는다.

그래서 다정한 사람은
어쩌면,

강한 사람일지도 모른다.

fin

다정함은 지능이다

한겨울, 집으로 가는 길목서 추워하는 나를 위해
근처 편의점에 급히 들어가 내게 손난로를 쥐여주던 기억.

목도리가 자꾸 풀어지는 날 위해
자신의 목도리를 풀어, 내 목에 직접 둘러주던 기억.

다툰 날,
늦은 회식이 끝날 때까지 날 기다려줬던 그의 모습.

다 지나간 인연들이지만,
이런 다정한 기억들은 내 곁에 항상 남아 있다.

그리움의 감정은 아닌 따뜻함의 감정.

다정함의 기억들은 내 맘속에 항상 불씨가 되어
힘들고 지쳐 추워진 내 마음에 온기를 불어넣어 준다.

시간이 제일 무서운 존재인 걸 아시는지.

아무리 힘들었던 사람이었어도, 시간이 지나
그의 존재가 점차 희미해지고 좋았던 기억만 남는다는
호러 같은 이야기.

사람은 떠났어도, 좋았던 순간과 장면은 평생 지워지지 않는다.
나같이 여린 사람들은 더욱이 말이다.

잔인하고도 찬란하게 아름다운 장면들을 만들어주는
지나간 인연들이 밉기도, 때론 고맙기도 하다.

나처럼 다정한 기억들로 살아가는 사람이 있다는 걸
그들은 이미 알고 그랬던 걸까?

1. 충분히 슬픔을 공감해주기

힘든 게 당연한 거야.

넌 충분히 노력했어.

슬픔을 억누르지 않고
충분히 내 맘의 이야기를 들어주자.
분노, 원망, 미련, 죄책감 등의 감정들을 맘껏 표현한다.
그 과정은 절대 나쁜 게 아니니까.

2.상대에게 해줬던 것들을 나에게 해준다

마시쩌

상대에게 해줬던 애정을 나에게 쏟는다.
맛있는 거 먹이고 비싼옷 입히고 여행을 가는 등
오로지 나만을 위한 시간을 보낸다.

3. 조급해하지 않기

왜 빨리 잊히지 않을까 겁내지 않는다.
그만큼 상대를 많이 사랑했다는 증거.
그 맘을 예쁘게 여기고 내 맘을 천천히 기다려주자.

4. 좋아했던 것들을 찾아본다

케이팝 댄스
재밌겠다.

어텐-션

다시 나로 돌아오는 방법.
내가 어떤 것을 하면 행복했었는지 적어보고
작지만 하나씩 실행해 나간다.

20XX년 X월 X일
오늘은 너무힘들었다
그 XX 짜증나죽겠다 ㅠㅠ

진짜 싫다
XX놈

보고싶다 ㅠㅠ
정말로

20XX 년 X월 X 일
조금은 괜찮아졌다. 입맛도
돌아오고 오랜만에 외출도했다

5. 감정일기를 쓴다.

1~4번을 차례대로 실행하면서
나의 생각들을 하루하루 적어 내려갔다.
변화하는 내 감정을 직접 마주하며 나를 살핀다.

결국, 이별 없는 만남은 한 사람뿐
이별을 했다는 건, 분명 다가올 사랑이 있다는 증거.

이번 역은 - 새로운 시작역입니다.

다가올 더 좋은 인연을 위해
나를 더 아끼는 시간을 충분히 가졌으면 한다.

fin

후유증

오랜 연애 후 이별, 그 후유증은 '꿈'이었다.
헤어진 뒤 한동안 꿈에 전 연인이 나왔는데

레파토리는 헤어졌다가 다시 울면서 만나는 장면의 반복이었다.

재회하는 꿈을 꾸고 일어나면 현실과 꿈이 구분되지 않아
그 하루는 너무나 고통스러웠다.

꿈이라는 영역은 무의식 집합소라
현실에는 내가 정신줄을 잘 잡고 있어도,
한순간에 무너질 수 있는 모래성과 같은 미지의 세계였다.

내가 컨트롤할 수 없는 아득한 세계에 빠져
잘 쌓아온 의식의 세계를 한 번에 무너지게 만드는 사실이
너무 화가 나고 괴로웠다.

같은 꿈이 반복돼도 어떻게든 버티자는 맘을 갖고
마침 바빠진 업무들을 신이 주신 기회로 여겼다.

그리고 순간의 고비들을 하나씩 넘기다 보니
내가 하는 일에 자신감이 생기고 하루하루가 만족스러워지며
자연스레 그가 꿈에 나오는 횟수가 줄어들었다.

한참 시간이 흐른 뒤 이상하게 같은 꿈을 다시 꿨는데,
꿈속에서 나는 그에게 기다렸다는 듯이
"널 만나기엔 내가 너무 아까운 사람이야"라고 말했다.

그가 제발 떠나지 말라며 울며 빌어도,
난 그를 미련 없이 매몰차게 돌아섰다.

새벽녘 어렴풋이 깨서, 난 느낄 수 있었다.
'이제야 난 그에게서 완전히 벗어났구나'라고.

그날은 이별한 지 1년이란 시간이 흐른 뒤였다.

누군가를 미워할 필요 없는 이유

1. 그 사람 신경 쓰느라 나를 잃음

미워하는 에너지로 나 자신이 지쳐 버린다.
하지만 억울하게도 그 사람은
나에 대해 신경조차 쓰지 않는다.

2. 나 자신을 자책할 수 있다

흑흑…

미워하는 감정의 죄책감으로
나를 미워할 수가 있다.
상대에게 보낸 화살이
내게로 와 괴로워질 수 있다.

3. 어떤 부분이 미운 건지 살피기

누군가 감당하기 어려울 정도로 싫다면
내가 꼭 알아야 하는 감정일 수 있다.
제삼자의 입장이 되어 객관적으로
어느 부분이 싫은지 판단하자.

4. 결국 미워하는 마음도 감정

모든 사람은 항상 긍정적일 수가 없다.
그러니 부정적인 마음도
외면하지 말고 받아주자.

5. 모든 건 내가 해결할 수 없다

누구도 내 감정을 통제할 순 없다.
미워하는 마음을 알아차려 주고   fin
적어도 나에 대한 죄책감을 느끼지 말자.

눈

새벽에 내린 눈 때문에,
길은 미끄럽고 어딘가를 지탱하며 갈 수도 없어
넘어지지 않기 위해 온몸에 힘을 잔뜩 주고 걸어갔다.

한 걸음 한 걸음

과도한 긴장감에
길 말미에는 기분 나쁜 근육통이
나의 신경을 곤두서게 했다.

시간이 지나 날이 따뜻해지나 싶더니
언제 그랬냐는 듯 눈이 있던 자리에
아스팔트 형태를 볼 수 있을 정도로 말끔히 전부 녹아 버렸다.

녹아 버린 그 길을
난 너무나 아무렇지 않은 표정으로 걸어갔다.

미워하는 감정도 밤새 내린 눈처럼 나도 모르게 쌓였다가

그리고 얼어붙었다가
시간이 지나면 언제 그랬냐는 듯이 다 사라져 버린다.

모든 게 영원한 건 없듯,
평생 잊히지 않을 것 같던 그 사람들의 얼굴도
점점 흐릿해져 간다.

어느새 녹아버린 눈처럼
미워하는 감정도 평생 가져갈 순 없겠다는 생각에
어젯밤 무슨 일이 있었냐는 듯, 이 길을 다시 걸어가고 있다.

넷.
서른의 조별 과제

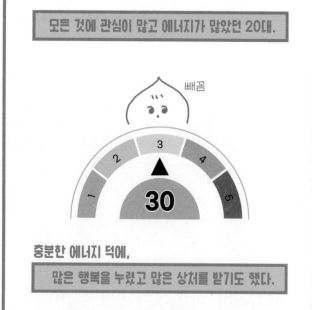

30대가 된 후, 갖고 있던

에너지의 총량이 서서히 줄다 보니

자연스레 적당히라는 기준을 만들게 됐다.

최달다(님)의 남아 있는 에너지

인간관계: 55% >> 최대 70
업무 및 일: 25% >> 최대 50
사랑: 48% >> 최대 80
취미: 66% >> 최대 70

(211)

어떤 것 하나라도 에너지가 과하면,

그나마 유지하고 있던,

라이프스타일이 조금씩 무너질 수 있기 때문이다.

모든 곳에 에너지를 쏟지 않고,

소중한 것들을 지키기 위해

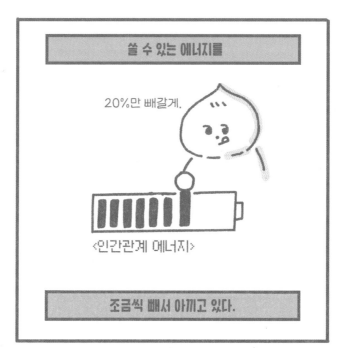

그만큼 내 삶이 중요하기에

나만의 라이프 밸런스를 지키기 위한

최소한의 노력이 아닐까 생각해본다.

저전력 모드

내 아이폰은 집에서 100퍼센트 완충을 해도
출근하자마자 배터리가 68퍼센트밖에 남아 있지 않은
오래된 아이폰의 현상을 보이고 있다.

원래 손에 익은 물건들을 잘 바꾸지 않는 성격 탓에
'내 폰도 주인을 닮았구나' 하며 바로 충전기를 꽂는다.

전자기기는 시간이 지나면서 성능이 점점 쇠하지만
인간인 난, 나이가 드니 좋은 점 한 가지가 선명해졌다.

바로 삶이 심플해졌다는 것이다.

개개인의 에너지 차이가 있을 수 있겠으나,
많은 곳에 감정과 에너지를 '최소화'하여
현재 가장 중요하고 집중해야 할 곳에 나를 녹여내고
쓸데없는 것이라 생각 들면 어쩔티비 정신으로 과감히 무시한다.

마치 아이폰의 저전력 모드*처럼 살아가는
30대의 인생이라고 볼 수 있는데

적은 에너지로 효율적인 삶을 살아가는 모습이 웃기면서 슬프다.

속도는 조금 느리지만, 나의 우선순위를 잘 알고,
얼마 없는 에너지를 지킬 수 있어
최선의 선택이라고 볼 수 있겠다.

저전력 모드 덕택인지 퇴근하자마자
20퍼센트는 남아 있는 내 에너지.

집에서 씻고 밥 먹고 음악 좀 듣다가 동물 영상 보면서
충전을 해줘야겠다.

8:00am
오늘도 난, 저전력 모드를 켜고 오전 업무를 시작한다.

*저전력 모드
아이폰의 기능으로 배터리 잔량이 적을 때 아이폰이 사용하는 전력량을 줄
인다. 또한 전화 발신 및 수신, 이메일과 메시지 발신 및 수신, 인터넷 연결
등 필수 작업의 성능을 최적화한다.

계속 져도 좋다.

GAME OVER
다시 시작하겠습니까?

YES   NO

다시 시작하면 되니까.

삶의 어려움은
어쩌면 잘살고 있는 반증일 테니.

성장통

회사 연차가 높아질수록 혹은 직급이 올라갈수록
모든 게 쉬워질 줄 알았다.

하지만 웬걸!
책임질 것들은 산더미에 주변 기대의 압박에
도망치고 싶은 날이 한두 번이 아니었다.

그럴 때마다 이 과장*과 항상 PC 카톡을 하면서
우리끼리 하는 유행어가 있는데
(*직급이 과장인 대학 친구다.)
'와~ 이번 프로젝트 성장통 오진다. ㅋㅋ'
'얼마나 성장하려면 이렇게 힘들까? ㅠㅠ'라는 가벼운 농담이다.

상황은 심각해도 '성장통'이란 이 한마디가
어이가 없어 실소를 자아내기도 한다.

'성장통'이란 단어가 좋은 이유는
이 힘든 순간이 지나가면, 분명 난 커져 있을 거라는 사실이다.

어리숙하고 어렵던 일들의 과정들이
결국 내 성장에 촉매제가 될 수 있다는 점에서 날 위로해준다.

혹시 당신도 숨이 턱하고 막히는 힘든 순간을 겪고 있다면,
이런 위로의 말이 어쭙잖게 들릴 수 있지만
우리들 성장의 한 과정일 테니
조금은 더 힘을 내기 바란다고 얘기해주고 싶다.

이 성장통을 겪고 나면
분명 우린 레벨업이 되어 있을 것이다.

마음이 여린 사람의 사회생활

중꺾마…

ㅊㄷㄷ

본체 여린 마음으로 사회에 발을 내디딜 때,

덜덜-

과연 달다가 잘할 수 있을까?

그들의 시선 '갓 태어난 사슴'

주변인들은 걱정을 많이 했다.

쉽게 상처받음에도 꿋꿋이 중심을 지키는 나의 마음이지 싶다(중꺾마).

흔들리지만 결코 부러지지 않는

마치 행사장 풍선처럼.

A+

언젠가 동료는 내게 이런 말을 했다.

"모든 자극에 너무 민감하게 받아들이지 마.
조금은 가볍게 흘릴 줄도 알아야 해."

모든 세포가 날이 세워질 만큼
사회생활을 하며 감각이 예민해져 있다.

내면 깊숙이 들어가 원인을 찾자면,
혹여나 남에게 피해를 주지 않을까?
또는 내가 쓸모없는 사람이 되진 않을까?

이런 생각에 비교적 남들보다 좀 더 무거운 마음의 짐을 지고
나아가는 것 같다.

그 모습이 주변에서 보기가 조금은 안쓰러워 보였던 건지….

이마저도 생각이 많아진 나였다.

건강검진을 하며 스트레스 검사를 한 적이 있다.
팔과 다리에 장비를 부착하고 자율신경 자극을 통해 스트레스
반응과 저항을 살펴보는 검진이었다.

이 검진을 하게 된 이유도
앞서 동료가 한 이야기가 어느 정도 원인이 됐다고 볼 수 있다.

평소 작은 것에도 예민하게 받아들이는 나여서,
얼마나 내가 주변 자극에 약한지 두 눈으로 직접 수치를 확인하고
싶었기 때문이다.

3주 뒤 기다리던 결과가 나왔는데,
그런데 웬걸!

예상과는 달리 스트레스의 지수가 낮고,
스트레스를 해소할 수 있는 능력도
남들보다 높다는 결과를 얻었다.

결과가 잘못 나온 것이 아닌지.
혹은 검사가 엉터리인 것은 아닌지.

생각보다 다른 결과에 살짝 어리바리해진 순간,
지난 과거를 곱씹어보며 조금은 알게 됐다.

난 그만큼 소소한 자극에도 쉽게 반응하니,
즉각적으로 풀기 위해 필사적으로 노력한다는 사실을.

아주 작은 스트레스에 노출될 분위기를 미리 감지해
그것들로부터 나를 지키고 있었던 것이었다.

모든 걸 받아들이지만,
내 안에 필터기를 거쳐 조금씩 내보내고 있다.

남들보다 시간이 조금 더 필요하겠지만.
그만큼 불순물도 꼼꼼히 그리고 깨끗하게 걸러지겠지.

동료의 조언이 무색해질 만큼 나름 A+과 같은 성적표를 보며
이것은 내가 살아남기 위해 노력한 결과물이란 것에
옅은 미소를 지었다.

술 한잔 기울이며,

평생 연락하자던 대학 시절 인연도

꼭 결혼하자며 미래를 약속했던 연인도,

흘러내리는 것을 인정하면서.
그 와중에 내 손에서 떠나지 않는 것들을 사랑하며.

그렇게 사는 게 어른의 몫 아닐까.

인생은 참 오묘한 것 같다.

(xxx번 버스 도착했습니다.)

30대의 인간관계란.

fin

관계에도 유통기한이 있나요?

어렸을 때 둘도 없이 지냈던 친구가 결혼했다는 소식을 접했다.
그것도 카톡 프사로.

서로 멀어진 원인은 분명 누구의 문제도 아닌 것 같으니,
환경 탓을 하는 게 제일 만만한 것 같다.

알고 지낸 지 20년이 가까이 된 친구였지만,
남이 된 것은 2년도 채 걸리지 않았다.

그동안 우린 무슨 일이 있었던 걸까?

잘 지내니…?
행복하니…?

나이를 먹으며 느끼는 건, 관계의 중요성이 꼭 서로 알고 지낸
시간만은 아닌 것 같다.
시간을 뛰어넘을 공감, 배려, 추억 등으로 짧은 시간 내 더 깊은
우정을 보여주기도 한다.

요즘 제일 많이 듣는 말은
"회사 동료들과 친해 보인다"는 말이다.
그들과 알고 지낸 지는 많게는 4년, 적게는 1년도 채 안 되지만
현재 제일 많이 웃으며 좋은 추억을 만드는 것은 그들인 것 같다.

하지만 모든 것엔 영원한 건 없듯이
언젠가 누군가는 퇴사를 하고 이직을 하며 이 모습이
오래 유지되지 않을 것을 알고 있다.

그리고 내 맘처럼 그들도 서로를 생각하는 우정의 깊이가
다를 수도 있을 것이다(나 혼자 진심이었을지도).

그래도 분명한 것은 누군가 내 곁을 떠나면 그 빈자리는
또 다른 누군가가 채워준다는 사실이다.

꼭 팀에 TO가 생겨 누군가 그 자리의 역할을 대신할 사람이
생기듯 말이다.

서로의 유효기간이 삼각김밥처럼 짧을 수도
아니면 통조림처럼 길 수도 있겠지만
그 기간 안에서 난, 최선을 다할 것이다.
유효기간이 끝난 후에도 질척거리며 촌스러워지지 않기 위해서
말이다.

이 때문인지 떠날 사람 잡지 말고 다가올 사람 막지 말라는
옛 명언이 조금은 이해가 되는 것 같기도 하다.

어른이 됐다고 느끼는 순간

울먹

- 난 어른이니까

ㅊㄷㄷ

1. 기분이 나빠도 할 일은 한다

으아아악
나 안 해!!!

불과 1시간 전

신속 정확

서류
이거면 될까요?

여쭤볼 게
있는데요.

예전 같으면 기분이 조금만 안 좋아도
하지 않았던 일들을
기분에 상관없이 할 일은 꼭 한다.

2. 궁금해도 참는다

결혼준비 잘 돼 가나…?

....

말하기 전까지 묻지 말자.

**궁금하지만 상대가
말하기 전까지 묻지 않는다.**

3. 눈치채도 몰랐던 척

헐! 진짜??!
몰랐어~

나 사실…
토깽 대리랑 사귀어.

(아주 오래 전부터 이미 알고 있었다.)

**눈치를 챘어도,
상대를 위해 모른 척한다.**

4. 힘들어도 힘들다고 말하지 않는다

좀 어때?
괜찮아?

당연, 괜찮지.

몸이 아프거나 맘이 힘들어도
가까운 사람들에게
걱정을 끼칠까 봐 괜찮다고 말한다.

5. 인정한다

휴

인생에서 나의 노력으로도
극복하지 못하는 일들은
그냥 그대로 인정한다.

아직 진정한 어른이 되기엔 멀었지만

나이를 조금씩 먹을수록
인생을 받아들이는 법을 배우고 있는 것 같다.

fin

백종원과 연예인들이 외국 가서 한식을 장사하는
<장사천재 백사장 2>이라는 프로그램을 우연히 시청했다.

한 에피소드 중 벌어진 사건이었는데, 소녀시대 유리가 홀에서
김밥을 싸는 와중 김밥이 자꾸만 터져 난감해하는 상황이었다.
주문은 많이 밀려 있는데 방금까지 잘 싸던 김밥을 어느 순간
손님에게 내놓지 못하는 상황이 되자 많이 당황해했다.

어떠한 방법을 사용해도 김밥이 말을 듣지 않자,
결국 주방에서 요리 중인 백종원에게 도움을 받아
문제를 해결할 수 있었다.

긴장이 풀리자 유리는 밖으로 잠시 나가
무너진 멘탈을 잡고 눈물을 흘렸다.
타국이라는 장소, 업무에 대한 부담감,
그리고 자책 등으로 뒤엉킨 그녀의 눈물을 보며
나의 직장생활과 오버랩되어 콧잔등이 시큰해졌다.

유리가 힘들어했다는 제작진의 말을 들은 백종원은 특유의

푸근한 표정으로 인터뷰를 통해 이렇게 말했다.

"멘털이 털렸다고? 털릴 땐 털려야지.
하지만 멘털이 털린 만큼 유리는 더 강해질 거야."

사회생활을 하며 매사에 긴장하고 조그마한 것에도 자책을 하는
나에게, 백종원의 태도는 많은 귀감이 됐다.

어쩌면 어른의 바이브는 나이가 들며 세상을 조금 더 여유 있게
바라볼 수 있는 태도에 나올 수 있지만, 그가 후배에게 말한
조언은 본인은 그보다 더 많은 우여곡절을 겪으며 단단해진
모습에 그녀에게 위로를 건네주는 것 같아 경외심이 들었다.

30대에 이르러 다양한 일들을 겪고 있다.
다양한 일이라는 게 꼭 부정적인 일만 있는 건 아니지만,
20대 때까지 겪지 않았던 일들을 경험하고 있다.

작게는 회사의 사건 사고, 크게는 누군가의 죽음,
그리고 내가 평생 원했던 꿈 같은 일
이런 일련의 경험들이 30대의 나를 만들어주고 있다.

여러 일에 부딪히고 나오는 경험에 대한 짬은
누구도 무시할 수 없다.
좋은 일, 나쁜 일들이 레이어처럼 쌓여 나만의 데이터가 돼,
나를 만들고 나를 지켜준다.

프로그램에 비친 백종원 아저씨처럼 나도 그만큼 그릇이 큰

사람이 될 수 있을지는 잘 모르겠지만, 언젠간 힘들어하는
후배에게 그런 여유 있는 조언을 할 수 있는
진정한 어른이 되고 싶다.

켜켜이 쌓인 나의 데이터들로 사랑하는 사람들을
위로해주고 아껴주고 지켜주고 싶다.

아무리 회사생활에서 화나고
억울한 상황에 놓이게 되어도

크게 중요한 사실이
아니라는 점을 알 수 있다.

회사에선 힘들었지만,
반면 운동하는 나라는 존재는 나쁘지 않고

그림 그리는 존재는
현재 행복하기 때문이다.

오히려 회사와
나의 연결고리가 강할수록

작은 바람에도 인생 자체가
흔들릴 수 있을 것으로 생각한다.

인간관계도
적절한 거리가 필요하듯

내가 속해 있는 것들에게
적절한 거리가 있는 것이

숨숨집

숨이 턱하고 막힐 때가 있다.
아무것도 내게 위로가 되어주질 않고
나 자신도 어찌할지 모를 때

그땐 점심시간을 이용해, 조용한 단골 카페로
숨어 들어간다.

간단한 드립커피를 시키고
가만히 창밖을 바라보며 멍하니 지나가는 사람을 구경하다
나처럼 혼자 온 직장인들을 슬쩍 바라본다.

조용히 책을 읽기도, 불편한 자세로 쪽잠을 자기도
또는 점심시간이지만 적당한 와인을 마시기도 한다.

어떤 이유로 이 시간을 혼자 보내고 있는지는 잘 모르지만,
나와 같은 마음으로 온 사람을 위해 맘속으로 조용한 응원의
말을 남기곤 한다.

시간이 흘러 사무실로 복귀해야 할 시간이 됐을 때

아쉬움으로 카페에 비치된 방명록을 찬찬히 살펴본다.

불안한 자신의 모습 그리고 지금 겪고 있는 힘든 순간,
혹은 사랑하는 연인에 대한 이야기들로 엮인 글들을 찬찬히 읽다
나도 흰 종이에 한 자 한 자 남겨본다.

"수고했어요. 그리고 괜찮아질 거예요!
나도, 이 글을 보고 있는 당신도."

돌아가는 길, 조금은 가벼워진 발걸음으로
직장인들의 인파 속으로 들어가 다시 힘을 내본다.

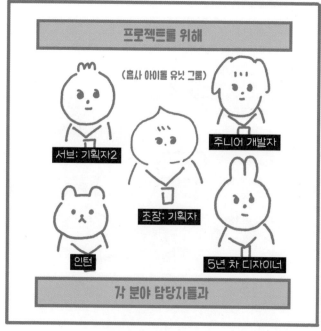

(집 가는 길)

아-졸려

아마 인생도,

조별 과제의 연장선이겠지.

플젝명: 행복한 연애

서로의 행복을 위해

플젝명: 아기 잘 키우기

가정을 지키기 위해

때로는 우리 모두를 위해,

조별 과제

단체활동을 선호하지 않고, 태어나길 개인 생활에 적합한 나는
지금껏 혼자서 인생을 만들어 나가는 것이 맞다고 생각했다.

"남에게 피해주지 말고 잘살자."

누군가에게 부탁하는 것도 싫어하고,
나에게 부탁을 해오는 것도 부담스럽고.

이 모든 것들이 불편하니
어느샌가 나만의 선을 만들어 살아오기 시작했다.

하지만 세월이 지나니 생각이 달라졌다.

결국 우리는 사회를 살아가며 조금씩 남에게 피해를 끼치기도
또는 이유 없이 선의를 받기도 한다는 사실을 알게 됐다.

내가 의식하지 않은 무심코 한 행동들이
과연 내 신념에 절대적으로 0.0001mm만큼 빗나가지 않고
매뉴얼대로 살아왔을지 장담할 수 없다.

우린 신처럼 완벽하지 않으니까
불완전한 존재니, 더욱 서툴 것이다.

어딘가 부족하고 불안한 우리들.

가족 간의 세계, 친구와의 세계, 동료들과의 세계,
연인과의 세계 등 무수한 관계 속에
우리는 의도와는 달리 상처를 주기도, 받기도 한다.
이것들이 두려우면 아무 관계를 만들어 나갈 수 없다.

부족한 것을 알고, 완벽하지 않은 우리를 인정하면,
결국 평생 혼자 살아갈 수 없는 사실을 알게 될 것이다.
하다못해 카페에 가서 커피를 마시는 것조차
직원의 도움이 필요한 거니까.

세상에 태어난 순간부터 타인에 손에 받아져
부모님의 보살핌을 받고 선생님의 교육을 받으며
사회에 나가기 위해 무수히 많은 사람의 도움을 받는 것처럼.

아이러니하게 한 개인이 세상에 태어나
단 하나도 혼자서 할 수 있는 건 아무것도 없다.

남들과 함께 으쌰으쌰 잘 살아가는 것.

이는 사회라는 곳에 살면서
하늘이 우리애게 준 평생의 과제일 것이다.

덧.

'아마 인생을 살면서 끝나지 않을 조별 과제'

울먹

- 난 어른이니까

그럼에도 다정함은 계속 되어야 한다

10여 년 전 수능이 끝난 직후,
처음으로 시작한 아르바이트는 카페 홍보 전단지 알바였다.

전단지에 있는 쿠폰을 지참하고 음료를 구매하면
조각 케이크를 서비스로 준다는,
요즘 물가로 생각하면 쉽지 않은 이벤트였다.

하필, 전단지를 나눠 준 그날은 추운 겨울이었는데,
눈발이 조금씩 날리는 번화가에서 떨리는 목소리로
"무료 케이크 쿠폰입니다. 받아가세요~."

마치 성냥팔이 소녀 같은 모양새로 시린 손을 호호 불어가며
지나가는 사람들에게 한 장씩 나눠주었던 기억이 선명하다.

기대와 달리 지나가는 사람들은 받는 둥 마는 둥
퉁명스럽게 무시하고 지나가는 사람들이 대부분이었다.

온실 속 화초처럼 자랐던 내가 처음으로 느낀 사회의 냉정함이었다.

차가운 사람들의 표정에 큰 충격을 받은 내가

자신감을 잃어 목소리가 점점 작아질 때쯤.

나보다 나이가 좀 더 있는 것 같은 여성분이 대뜸 손을 먼저 내밀더니
"감사합니다~ 한번 들릴게요" 하며 전단지를 받아 갔다.

내 나이 19살,
이런 무관심한 사회 속 그녀의 다정한 말투는 내게 한 줄기 빛이었다.

한겨울 성냥팔이 소녀가 성냥을 팔지 못하고 덜덜 떨고 있을 때,
지나가던 행인이 남은 성냥들을 다 사주겠다고 하며 내밀던
구원의 손길처럼.

그녀의 따뜻한 말 한마디가
지금까지 얼어붙었던 마음속 추위를 한 번에 녹여주었다.

전단지를 여유롭게 받아가는 그녀의 뒷모습을 한참 동안 쳐다봤다.
그리고 생각했다.

이런 무관심한 사회 속 저 언니처럼 다정한 사람이 될 수 있기를.
내 눈과 마음에 그녀를 담았다.

그로부터 10년이란 시간이 지나 회사라는 곳의 한 구성원이 되어,

얼굴도 뵌 적 없는 분과의 메신저 소통 속에
그날의 에피소드가 떠오르는 순간을 겪은 적이 있었다.

귀찮을 수 있는 업무로 엮어
서로의 얼굴도 모르고 소통하는 것이 어쩌면 매우 퉁명스러울 수
있을 텐데,
"그럼 남은 오후도 화이팅하세요!"
또는 "행복한 명절 보내세요"와 같은
메신저 말미에 항상 넣어주는 다정한 멘트들.

굳이 내게 이득이 없으면 선뜻 좋은 말을 하지 않는 사회에서
이런 메신저를 받을 때마다
전단지를 받아줬던 그녀의 모습과 오버랩이 된다.

그러면서 나를 다시 돌아보게 된다.

다정한 한마디로 사람들을 따뜻하게 할 수 있을 텐데,
왜 난 그것을 아끼고 또 아끼고 살아왔을까 하면서 말이다.

생각과 추억들이 뒤섞여 내 마음속에 뜨거운 파도가 드리울 때,
상대가 어떻게 반응할지 굳이 계산하지 않고 시도해본다.

한 번도 본 적은 없지만, 이렇게 메일로만 소통하는 그분께
글 말미 한 자 한 자 용기 내 적어본다.

남은 하루도 행복하시고,
올해, 좋은 일이 많으셨으면 좋겠습니다!

감사합니다.

잘 지내나요, 서른

초판 1쇄 발행 2024년 6월 30일

지은이 최민아
펴낸이 이지은
펴낸곳 팜파스
진행 이진아
편집 정은아
디자인 박진희
마케팅 김민경, 김서희

출판등록 2002년 12월 30일 제10-2536호
주소 서울시 마포구 어울마당로5길 18 팜파스빌딩 2층
대표전화 02-335-3681   **팩스** 02-335-3743
이메일 growwhalebook@naver.com

값 16,800원
ISBN 979-11-7026-656-3 (03810)

© 2024, 최민아